Anahid Naziri

Die kleine Dolmetscherin

story.one – Life is a story

1st edition 2024
© Anahid Naziri

Production, design and conception:
story.one publishing - www.story.one
A brand of Storylution GmbH

Font set from Minion Pro, Lato and Merriweather.

© Cover photo: Marija Johanna Peterherr

ISBN: 978-3-7115-4234-2

Für meinen Papa, meinen besten Freund.

Deinetwegen überstehe ich alles. Dieses Buch ist für dich.

INHALT

Herzlich willkommen in Österreich

„Herzlich willkommen in Österreich", sagte Hilde am Telefon. „Herzlich willkommen …"

Ich schrie vor Freude und blickte zu meiner Mutter: „Wir haben es geschafft! Mama! Der Bescheid! Hörst du? Positiv!", rief ich begeistert. Währenddessen lachten Hilde und Johannes am anderen Ende der Leitung. In diesem Moment waren alle irgendwie glücklich für uns. Wir warteten schließlich sechs Jahre lang auf diesen Anruf, auf diesen Satz. „Aber was bedeutet das jetzt für uns?", fragte ich mich innerlich. Viel nachgedacht hatte ich darüber nicht. Stattdessen hatte ich viel für die Behörden übersetzt. Und jetzt endlich hatten wir den positiven Asylbescheid bekommen. Mama rief meinen Bruder an, der diesen Anruf etwa ein halbes Jahr zuvor erhalten hatte. Er weinte. Er weinte vor Glück. Glücklich für uns, für Mama, für mich. Endlich war es vorbei. Endlich durften wir ein normales Leben führen: eine Wohnung mieten, Strom und Gas anmelden. Endlich durfte ich mein eigenes Zimmer haben, dieses Zimmer, von dem ich immer gesprochen hatte, während meine Mutter lachte. Sie wusste einfach, dass der Weg steinig werden würde und vielleicht hatte sie auch nie wirklich geglaubt, dass ich jemals ein eigenes Zimmer bekommen würde, ein Zimmer wie im Iran. Auch wenn ich dort nie geschlafen hatte. Als Kind hatte ich Angst, allein in meinem Zimmer zu schlafen.

Ein paar Stunden nach Hildes Anruf gingen meine Mutter, mein Bruder, seine Freundin und ich zu einem Restaurant in der Nähe des Hauptplatzes. Wir feierten und bestellten Kaffee und Kuchen. Mama bestellte einen Espresso, obwohl es für einen Espresso ziemlich spät war. Daran kann ich mich noch erinnern. Sie wollte wahrscheinlich nicht schlafen. Sie wollte dieses Gefühl weiter spüren, dieses Glücksgefühl „Befreit-von-den-Lasten-zu sein", dieses Unabhängigkeitsgefühl.

Ein paar Tage vergingen. Die Betreuerinnen vom Jugendamt kamen zu uns, um nach uns zu sehen. Sie waren immer wieder bei uns und halfen uns bei einigen Dingen. Meine Mutter hieß sie mit Eiscreme willkommen. Bis heute weiß ich nicht, ob es in Österreich üblich ist, Gäste mit Eiscreme zu begrüßen. Aber es war Sommer und heiß, und sie nahmen das Angebot gerne an. Sie fragten uns, wie es uns jetzt gehe, da wir den positiven Bescheid bekommen hatten. Die Antwort hatten sie nicht erwartet. Meine Mama fing an zu weinen. Meine Mama weinte und redete. Ich übersetzte, was sie sagte: „Wir fühlen eine Leere."

Das pinke Nokia

Ich dolmetsche sehr oft für meine Mutter, eigentlich schon ab dem Moment, als wir uns von meinem Vater und Bruder am Flughafen in Teheran verabschiedet hatten. Schon im Flugzeug nach Italien habe ich für meine Mutter statt ihr mit Außenstehenden auf Englisch kommuniziert.

Ankunft in Venedig, Italien. Wir hatten geplant, von dort aus direkt den Zug nach Innsbruck zu nehmen, um die Cousine meiner Mutter zu besuchen. Sie sollte uns am Hauptbahnhof erwarten. Unsere Handys funktionierten jedoch nicht, wir hatten kein Netz. Am Hauptbahnhof in Venedig übernahm ich für meine Mutter wieder die Kommunikation und fragte die Frau am Schalter, welcher Zug nach Innsbruck fährt. Ich erinnere mich noch genau daran: Ich fragte die Leute zuerst immer, ob sie Englisch sprechen, sie sagten ja, aber antworteten mir dann auf Italienisch. Ich verstand sie nicht. Dennoch schafften wir es, die Zugtickets zu kaufen, und warteten eine Weile auf den

Zug. Wir hatten absolut keine Ahnung, ob wir am richtigen Bahnsteig warteten. Mama fragte mich ständig, ob ich mir sicher sei, ob ich sie richtig verstanden hätte. Ich wusste es nicht. Ich war erst zehn Jahre alt. Normalerweise organisierte Papa unsere Reisen. Er war immer da, und ich musste nicht übersetzen. Doch ich merkte, vielleicht sogar ungewollt, dass ich schnell erwachsen werden und die Kontrolle übernehmen musste. Der Zug kam. Wir stiegen ein. Die Fahrt nach Innsbruck dauerte ewig, sodass es bereits dunkel wurde. Wir hatten noch eine Station bis nach Innsbruck, als Mama ihre Bürste aus dem Rucksack holte und anfing, ihre Haare zu bürsten. Plötzlich klingelte Mamas Handy, ein pinkes Nokia. Ich schaute nach und sah, dass es eine Nachricht von Papa war. Er fragte, wo wir seien, ob wir heil angekommen wären und teilte mit, dass die Cousine ihn kontaktiert habe und sagte, dass sie nicht mehr lange auf uns warten würde. Zwei Minuten später hielt der Zug, aber nicht an einer Station. Zwei Polizisten stiegen ein und kamen auf uns zu. Sie sprachen Englisch, und wieder dolmetschte ich für Mama. „Sie fragen nach unseren Reisepässen, Mama", sagte ich „Reisepässe! Mama!! Reisepässe!" Sie sagte, ich solle meinen Mund halten und nichts sagen. Warum? Wir hatten doch Reisepässe. Dann sagte ich den Polizisten, dass wir keine Reisepässe hätten. Sie nahmen uns mit. Mama hielt meine Pou-Puppe in der Hand, die Puppe, die mir mein Vater im Iran geschenkt hatte. Sie nahmen ihr die Puppe weg. Ich schaute zu und es fühlte sich so an, als wäre sie ein kleines Kind, der man die Puppe wegnahm. Die Polizei kontrollierten sie. Dann kontrollierten sie mich. Sie fragten uns, wie wir nach Österreich gekommen seien, und ich übersetzte für meine Mutter. Sie meinte, ich solle sagen, dass wir es nicht wüssten. Die Polizisten wurden ungeduldig, durchsuchten unsere Taschen und fanden unsere Flugtickets nach Italien und die Zugtickets nach Österreich. Ich fragte meine Mutter, ob ich den Satz, den ich im Iran auf Deutsch gelernt hatte, sagen solle. Sie sagte ja. Dann begann ich: „Wir möchten Asyl", sagte ich leise und unsicher. Er hatte es nicht verstanden, also wiederholte ich den Satz: „Wir möchten Asyl." Stille. Zwei erwachsene Männer, die mir tief in die Augen schauten. Ich hatte Angst, auch wenn sie wirklich nett waren. Danach stellten sie keine Fragen mehr, brachten uns zu einem Hotel und sagten mir, dass sie uns am nächsten Morgen wieder abholen würden

Zwischen Backgammon und Schnitten

Angekommen merkten meine Mutter und ich, dass wir seit fast einem ganzen Tag unterwegs waren, aber nichts gegessen hatten. In unserer Verzweiflung suchten wir das geschlossene Restaurant des Hotels auf und baten um etwas zu essen. Der freundliche Mann dort konnte uns nur Tee und Kekse anbieten. Es waren meine ersten österreichischen Kekse – Schnitten. Bis heute schmecke ich den Hauch von Schmerz, den diese Kekse in mir auslösen. Wir schliefen erschöpft ein und wurden am nächsten Morgen, wie versprochen, von der Polizei abgeholt.

Es war ein langer Tag. Wir wurden verhört und es lief alles andere als gut. Die erste Frage richteten sie an mich: „Warum sind Sie nach Österreich gekommen?" Warum?

Mein Vater war vom Sicherheitsdienst verhaftet worden, weil er am Arbeitsplatz die Bibel gelesen hatte. Sie hielten ihn für einen

Spion. Sie nahmen ihn mit, und er war weg. Mein bester Freund, mein Vater, war weg und wir hatten keine Ahnung, wo er sich befand. Meine Mutter suchte verzweifelt nach ihm, doch die Behörden behaupteten, seine Akte existiere nicht, und es sei möglich, dass er entführt worden sei. Wir dachten bereits, dass er nie wieder zu uns zurückkehren würde. Im Iran verschwanden politische Häftlinge oft spurlos. Abends spielte ich oft allein Backgammon. Das Brett hatte mein Vater für mich gekauft und mit liebevoller Geduld erklärt, wie das Spiel funktioniert. Jedes Mal, wenn die Würfel über das Brett rollten, hallten die vertrauten Geräusche in meinem Herzen nach und erinnerten mich an ihn. An die Zeiten, als er noch bei uns war, als sein Lachen das Haus erfüllte und wir zusammen in glücklicher Unbeschwertheit spielten.

Sechs Monate waren vergangen, als plötzlich das Telefon klingelte. Meine Mutter hob ab und ich hörte sie sagen: „Maziar! Maziar, wo bist du?" Tränen liefen über mein Gesicht und ich fragte aufgeregt: „Mama, ist das Papa?" Sie sprach weiter. „Wir haben dich gesucht, Maziar, deine Akte existiert nicht." Sie legte auf und bestellte uns ein Taxi. Meine Mutter bat den Fahrer, schneller zu fahren und erklärte ihm den Grund. Er nickte verständnisvoll und erzählte, dass seinem Bruder etwas Ähnliches passiert sei. Er fuhr so schnell er konnte und wir kamen rechtzeitig an. Wir eilten die Treppen hinauf und dann sah ich ihn – meinen Vater – aus etwa zwanzig Metern Entfernung. „Papa!", schrie ich und rannte auf ihn zu. Ich war damals noch so klein, dass er auf die Knie gehen musste, um mich umarmen zu können. Nachdem alles Organisatorische erledigt war, konnten wir uns endlich auf den Weg nach Hause machen.

Die Behörden kamen danach immer wieder zu uns, befragten uns, durchsuchten unsere Wohnung. Manchmal nahmen sie meinen Vater mit, jedoch nur für kürzere Zeitspannen. Die letzten Male nahmen sie sogar meine Mutter mit. Diese ständigen Schikanen und die Angst trieben uns schließlich dazu, unsere Heimat, den Iran, zu verlassen. Mein Vater konnte das Land jedoch nicht verlassen, weil die Behörden seinen Pass eingezogen hatten. Also gingen meine Mutter und ich zuerst.

Ankunft in der Fremde

„Warum sind Sie nach Österreich gekommen?", fragten die Polizisten mich. Ich schaute jedoch zu meiner Mutter hinüber und erwartete, dass sie etwas sagt. Das tat sie auch, denn sie sprach auf Farsi und die Übersetzerin übersetzte für sie auf Deutsch. Sie erzählte die Geschichte. Fünf Stunden, fünf unendliche Stunden, mit einer Pause von vielleicht zehn Minuten, in denen wir etwas essen durften. Was wir zu essen bekamen? Dosenwurst mit einem Stück Brot. Ich konnte es nicht essen. Mama auch nicht.

„Für heute genug", sagte der Beamte und wir wurden von einem großen Polizeiwagen abgeholt.

Die Fahrt war endlos. Wir – oder vielleicht nur ich – wussten nicht, wohin wir gebracht wurden und auch nicht, wie spät es war. Als wir ankamen, dauerte es nicht lange, bis wir begriffen, wo wir waren.

Die Polizisten, die eine kleine Station in einem Häuschen hatten, nahmen uns auf, während die anderen Polizisten fortgingen. Sie führten uns zu einem Zimmer und setzten mich auf einen Sessel. Ein Polizist machte ein Foto von mir. Ich trug eine rote Jacke und ein grünes Sweatshirt, dessen Kapuze herauslugte. Meine Haare hatte ich zusammengebunden. Mein Gesichtsausdruck war traurig und erschöpft. Danach war meine Mutter an der Reihe. Der Polizist machte sich über sie lustig und blies seine Wangen auf, um zu zeigen, dass er sie für übergewichtig hielt.

Später wurden wir zu einem der beiden großen Gebäude gebracht. Der junge Mann an der Rezeption im Aufnahmesaal nahm uns in Empfang. Er war jung, tätowiert und freundlich. Er gab uns Decken, Zahnbürsten, eine Kleinigkeit zum Essen und einige andere Dinge und begleitete uns zu dem anderen Gebäude, in dem sich unser Zimmer befand. Das Zimmer war spartanisch eingerichtet, mit einem Kühlschrank, einem Waschbecken und zwei Stockbetten.
Wir waren so erschöpft, dass wir, ohne etwas gegessen zu haben, in einen tiefen Schlaf fielen. Vielleicht waren wir sogar in Ohnmacht gefallen. Fast zweiundsiebzig Stunden hatten wir

nichts gegessen.

.

Mein Schutzengel

Am nächsten Morgen standen wir früh auf und gingen zum ersten großen Gebäude, um uns umzusehen. Wir gingen in den ersten Stock und sahen eine Menge Menschen, die sich vor dem Speisesaal in einer langen Schlange aufstellten. Wieder aßen wir nichts und gingen hinunter in den Hof. Es war kalt. Wir setzten uns auf die Bank, die direkt neben dem Gebäude stand. Meine Mutter senkte den Kopf, legte die Hände auf ihr Gesicht und begann zu weinen. Ich weinte mit. Vielleicht weinten wir fünf Minuten lang, bis ein Mann auf uns zukam. Er sprach gebrochenes Englisch mit Akzent und fragte uns, was los sei. Ich übersetzte für meine Mutter und in ihrer Verzweiflung sagte sie, dass sie es nicht wisse. Es war, als hätte sie jede Hoffnung verloren, als wäre sie sich sicher, dass dieser Mann uns nicht helfen könnte. Doch das tat er. Ich erklärte ihm, dass wir aus dem Iran seien und dass es unser erster Tag hier sei. Ich sagte ihm, dass uns Mamas Handy und mein Tablet weggenommen wurden und wir den Kontakt zu meinem Vater verloren hatten. Daraufhin holte er sein Handy heraus und gab es mir. Er sagte, ich dürfe es benutzen, um meinen Papa zu kontaktieren und dass ich meine Mutter in unser Zimmer bringen solle, damit wir in Ruhe telefonieren könnten. Er sagte, ich könne das Handy für ein paar Stunden behalten, zeigte uns sein Zimmer und bat mich, das Handy zurückzubringen, sobald wir fertig seien. Währenddessen hörte Mama auf zu weinen und lauschte aufmerksam. Ich erzählte meiner Mutter, was er gesagt hatte, und schaute ihn noch einmal an. Er lächelte. Mein Schutzengel.

Ich nahm das Handy aus seiner Hand und wir gingen in unser Zimmer. Meine Mutter sagte mir die Telefonnummer meines Vaters und ich speicherte sie im Handy. Ich rief ihn über Viber an. Die ersten Pieptöne ließen mein Herz schneller schlagen. Dann hörte ich seine Stimme. „Alo", sagte mein Vater. Ich begann zu weinen. Mama nahm das Handy. „Maziar?", sagte sie. „Maziar, wir sind es, hörst du uns?" Mein Vater weinte nur. Es fühlte sich an wie damals, als mein Vater auf einer Reise war. Er war eine Woche weg und wir telefonierten jeden Abend. Die Distanz zu ihm machte mich fertig. Einmal musste ich sogar von der Schule abgeholt werden, weil ich während des Unterrichts so viel geweint hatte und kaum noch Luft bekam. Der einzige Unterschied diesmal war, dass ich nicht in der Schule war und niemand mich abholen konnte.„Hör zu, Maziar, wir wurden von der Polizei verhört und ich habe ihnen alles erzählt," sagte Mama. Sie erzählte ihm von dem Mann, der uns sein Handy gegeben hatte, und von Thalham. . Langsam änderte sich ihr Ton. Ich bemerkte, dass sie wütend wurde. Sie sagte, dass wir nichts gegessen hatten; dass es hier kalt und dreckig sei. Sie suchte vielleicht die Schuld in ihm.

So schwer es auch war, legten wir auf und ich suchte den Mann, dessen Handy für mich wie ein kleines Licht am Ende des Tunnels war. Ich gab ihm das Handy zurück und bedankte mich. Er war ein Syrer, etwa fünfzig Jahre alt, mit leicht grauen Haaren, die den harten Weg, den er gegangen war, widerspiegelten. Er erzählte, dass er eine Tochter in meinem Alter hatte und dass er sie auf der Flucht verloren hatte. Er weinte und ich schaute ihn an. Ich wünschte, ich könnte ihm helfen. Ihm und uns.

Ein Stück Zuhause

Kurz darauf kam meine Mutter und wir gingen in den ersten Stock. Plötzlich hatten wir Appetit. Während wir verzweifelt vor dem Speisesaal warteten, hörten wir einen Mann Persisch sprechen. Er telefonierte. Wir gingen auf ihn zu. Sie fragte ihn, ob er aus dem Iran sei und er nickte. Meine Mutter umarmte ihn. Ein kleines Stück Heimat. Ich gab ihm die Hand und sagte Hallo. Meine Mutter sagte, dass wir verloren seien und eigentlich nicht wissen, was jetzt passieren wird. Sie fragte nach ihm und er erzählte, dass er bereits seit zwei Monaten hier sei. Er war zuvor in Deutschland gewesen, und weil sein Asylantrag dort abgelehnt wurde, war er nach Österreich geflüchtet. Gesetzlich hatte er kein Recht, in Österreich zu sein. Das erste sichere Land, das man in Europa betritt, ist das Land, in dem man den Asylantrag stellen und bleiben muss. Aber was passiert, wenn das erste sichere Land einen nicht haben will?

Er hieß Reza. Reza sagte uns, wann der Speisesaal Essen anbietet. Außerdem erzählte er uns, dass es im Erdgeschoss eine kleine Küche gibt, die wir nutzen können, wenn sie frei ist. Eine gute Idee, dachte ich mir. Mamas warmes Essen würde uns guttun. Mama fragte ihn, ob es hier eine Möglichkeit gibt, etwas einzukaufen. Er erklärte uns, dass es ein langer Weg bis zur Stadt sei, aber dass es dort ein paar Geschäfte gebe, wo man etwas kaufen könne. Er schlug vor, dass wir gemeinsam zu Mittag essen und er uns danach in die Stadt begleitet.

Also stellten wir uns wie alle anderen in der Schlange an und warteten darauf, etwas zu essen zu bekommen. Man reichte mir eine kleine Portion Suppe. Wir setzten uns an einen freien Tisch und begannen zu essen. Meine Mutter sah mich an und fragte, wie es mir gehe und ob mir die Suppe schmecke. Sie fragte mich das mit einem kleinen Nicken, als wollte sie mich für all die Male bestrafen, an denen ich zu Hause über ihr Essen gemeckert hatte. Ich sagte nichts, aber innerlich bereute ich jeden Löffel, den ich von ihrem Essen zu Hause nicht gegessen hatte.

Nach dem Essen gingen wir zurück in unser Zimmer und verabredeten uns mit Reza, dass er uns in fünfzehn Minuten in die Stadt begleitet. Wir trafen Reza im Hof und machten uns auf den Weg. Wir gingen etwa eine halbe Stunde, bis wir die erste Kirche sahen. Mama bat Reza, dass wir hineingehen. Drinnen sah ich meine Mutter weinend beten. Sie verschränkte die Hände und legte sie auf ihre Stirn. „Gott, beschütze mich und mein Kind. Wenn du uns hörst, lass uns nicht allein." Als sie fertig war, gingen wir weiter.

Das Tagebuch

Bald sahen wir ein Geschäft mit einem roten Logo. „Spar" stand darauf. Wir gingen hinein und es fühlte sich an wie „Shahrvand", einer der größten Lebensmittelketten in Teheran, wo meine Eltern und ich einmal im Monat einkauften. Ich erinnerte mich daran, wie mein Vater keine Geduld hatte, bis wir zu Hause waren, und die ersten Snacks schon im Auto aufmachte und aß. Mama sagte mir, ich dürfe diesmal nicht alles mitnehmen, was ich wollte. Also suchte ich mir Chips aus. Mama kaufte Reis und Tee und wir gingen wieder hinaus. Neben dem Spar war ein Bekleidungsgeschäft namens „NKD". Wir gingen hinein und Mama kaufte sich eine Jacke, weil sie keine hatte. Ich durfte ein Paar Skihandschuhe kaufen, die im Angebot waren und „nur" sieben Euro kosteten. Dazu bekam ich ein kleines Notizbuch, in das ich über unsere Tage schreiben sollte.

Mama bedankte sich bei Reza und fragte ihn, ob er wisse, wo man Zigaretten kaufen könne. Er führte uns zu einem Tabakladen in der Nähe, und Mama kaufte Zigaretten und ein Feuerzeug. Es war das erste Mal, dass sie vor mir rauchte. Marlboro Gold. Kaum waren wir draußen, zündete sie die erste Zigarette an und bot Reza eine an. Er nahm das Angebot gerne an und sie rauchten.

Wir gingen zurück zum Flüchtlingslager und auf dem Weg fragte meine Mutter Reza, wie man auf Deutsch „Hallo" sagt. Danach grüßten wir jeden, den wir auf dem Rückweg trafen. Wir wollten zeigen, dass wir freundlich waren. Manche Menschen waren auch freundlich genug, um uns zurückzugrüßen.

Zurück in Thalham war es fast Zeit für das Abendessen. So vergingen unsere Tage. Wir standen früh auf, um zu frühstücken, dann lieh ich mir das Handy des fünfzigjährigen Mannes aus, um mit meinem Papa zu telefonieren. Dann gab es Mittagessen und schließlich Abendessen.

Am sechzehnten Tag trafen wir in der Schlange für das Mittagessen ein neue angekommenes iranisches Paar. Sarah und Habib. Sarah war siebzehn und Habib dreiundzwanzig Jahre alt. Es war ihr erster Tag in Thalham und

Sarah weinte. Meine Mutter ging zu ihr und sagte, dass wir auch aus dem Iran seien. Sie lud sie nach dem Mittagessen in unser Zimmer ein und wir plauderten eine Weile. Sie erzählten uns ihre Geschichte. Sarah ging kurz raus, um zu rauchen, als Habib anfing, wie ein Sohn zu seiner Mutter, von ihren Schwierigkeiten zu erzählen. Sie waren mit einem Boot von der türkischen Küste nach Griechenland geflohen und beinahe zweimal ertrunken, da das Boot für zehn Personen gedacht war, aber dreiundachtzig Menschen an Bord hatte. An der griechischen Küste wurden sie von der Polizei verhaftet und getrennt. Zwei Monate lang waren sie im Gefängnis und konnten sich nicht sehen. Während Habib erzählte, schrieb ich alles in mein Tagebuch. Dann kam Sarah zurück und ich betrachtete sie. Ich bewunderte sie. Sie hatte ein schmales Gesicht, Sommersprossen, die wie Tränen auf ihrem Gesicht verteilt waren, große runde Augen, die fast verschwanden, wenn sie lächelte, und schmale Lippen. Habib hatte grüne Augen. Außer mir kannte ich keine Iranerin oder keinen Iraner mit grünen Augen. Er hatte ein langes Gesicht, das sein Ziegenbart noch länger erscheinen ließ.

Gitarrenfreundschaft

Die nächsten fünfzehn Tage verbrachten wir viel Zeit mit Sarah und Habib sowie den anderen Iranern, die nach und nach in Thalham ankamen. Reza sahen wir jedoch immer weniger, und bald sahen wir ihn gar nicht mehr. Reza, wo auch immer du bist, danke, dass du damals ein kleines Stück Heimat für uns warst.

Eines Abends hörten wir vor dem Speisesaal im ersten Stock eine Stimme, die wie ein Fluss auf Gitarrenklängen dahinfloss. Er sang „Age Ye Rooz", eines der beliebtesten Lieder von Faramarz Aslani und Dariush, das fast jeder Iraner kennt und mit dem viele eine Erinnerung verbinden. Wir gingen hinauf und sahen eine kleine Menschenmenge, die hoffnungsvoll zuhörte. Ich drängte mich vor und sah einen Mann, Mitte dreißig, der seine Gitarre spielte und sang. Er war Iraner. Es war sein zweiter Abend in Thalham, und er war ein Musiker. Er hatte den Iran verlassen, weil er als Musiker nicht frei sein durfte. Viele seiner Texte durfte er nicht so gestalten, wie er wollte, und die Regierung machte ihm Probleme. Also verließ er seine Heimat wegen seiner Musik. Seine Familie, Freunde und sein Zuhause, um spielen zu können. Jedes Mal, wenn seine Hände über die Saiten der Gitarre glitten, fühlte er jede Saite in seinem Herzen klingen und es füllte ihn mit Liebe und Energie.

Mani war so freundlich, mich seine Gitarre spielen zu lassen. Ich hatte das Gitarrenspiel so sehr vermisst. Im Iran hatten meine Eltern mich zu einem Gitarrenkurs angemeldet, den ich jeden Montag besuchte. Den Rest der Woche übte ich fleißig die Lieder, um meinem Lehrer zu zeigen, was ich gelernt hatte. Gitarre zu spielen machte mir Spaß und ließ mich besonders fühlen. Es war eine Fähigkeit, die nicht jeder besaß. Noten lesen war wie eine geheime Sprache, die nur wenige beherrschten, wie Mani. Hätten wir eine zweite Gitarre gehabt, wären wir ein tolles Team gewesen und hätten definitiv ein großartiges Konzert in Thalham geben können.

Abends spielte Mani oft im ersten Stock, bis er müde wurde. Dann übergab er mir die Gitarre und ich spielte weiter. Die syrischen Väter, die jedes Mal zuhörten, kauften mir heißen

Kakao aus den Automaten, schenkten ihn mir und baten mich, weiterzuspielen.

Kalte Klinik

Weitere zehn Tage vergingen, und meine Mutter wurde langsam ungeduldig. Also beschlossen wir, mit Sarah, Habib und Mani in die Stadt zu gehen. Am Eingang hielt uns eine Frau auf und sagte, wir sollten warten. Bald kamen zwei Polizisten und begleiteten uns in das Häuschen. Nach ein paar Minuten kam auch der Dolmetscher. Ich sagte meiner Mutter, dass sie uns sicher mitteilen wollen, dass wir bleiben dürfen und die nächsten Schritte erklären. Doch ich irrte mich. Sie schickten mich hinaus, und ich ging zu Sarah, Habib und Mani, die inzwischen ihre Meinung geändert hatten und nicht mehr in die Stadt wollten. Wir warteten fast vier Stunden auf meine Mutter, bis sie endlich herauskam, weinend auf uns zukam und mir ein Blatt in die Hand drückte. „Sie wollen uns hier nicht", sagte sie. „Wir werden nach Italien zurückgeschoben." Es fühlte sich wie ein Albtraum an, aus dem ich nicht erwachen konnte. „Aber was ist mit unseren Freunden?", fragte ich mich innerlich. „Können Sarah und Habib mit uns nach Italien?"

Wir verabschiedeten uns und gingen in unser Zimmer. Zum Abendessen gingen wir nicht mehr hinaus. Meine Mutter weinte die ganze Nacht, bis ich einschlief und ihre Schluchzer nicht mehr hörte. Am nächsten Morgen stand ich auf und weckte meine Mutter, weil ich mich im Schlaf einnässte.

Sie brach zusammen. Wahrscheinlich fragte sie sich, wie es sein konnte, dass ihre zehnjährige, eigentlich erwachsene Tochter so etwas erleben musste. Ich hatte Angst. Angst, wieder allein zu sein und niemanden mehr zu haben, mit dem ich das Gefühl des Fremdseins teilen konnte. Meine Angst war so groß, dass ich anfing zu zittern und bald kein Wort mehr herausbrachte. Daraufhin ging meine Mutter in das große Gebäude und begann zu schreien, weil niemand da war, der uns helfen konnte. Sie schrie um Hilfe. Ich blieb im Zimmer und weinte. Eine halbe Stunde verging, bis es an der Tür klopfte und meine Mutter mit zwei Polizisten hereinkam. Meine Mutter sagte, dass wir ins Krankenhaus gefahren würden, und die Polizistin fragte mich, was passiert sei. Ich schaute sie nur an und sagte nichts. Sie riefen die Rettung und wir wurden ins Krankenhaus gebracht. Auf dem Weg wünschte ich mir nur, dass mein Vater uns gefunden hätte und uns mit seinem Auto abholte.

Im Krankenhaus untersuchten sie mich und stellten Fragen auf Englisch. Ich antwortete nicht. Ich hatte Angst. Angst vor den Ärzten und Krankenschwestern. Sie schauten mir tief in die Augen, als könnten sie in meine Seele blicken. Der Arzt erklärte mir, obwohl ich nichts sagte, dass er mich in eine Einrichtung für Kinder schicken würde, wo Kinder in meinem Alter mit ähnlichen Problemen behandelt werden. Die Rettung brachte uns wieder weg und wir fuhren weiter. Angekommen, nahm uns eine Krankenschwester in ein Zimmer, nahm unsere Ausweise und erklärte meiner Mutter, dass sie nicht bleiben dürfe und dass sie abgeholt werde. Plötzlich sprach ich wieder und flehte meine Mutter an, mich mitzunehmen. Sie sagte nein und dass mir hier geholfen werde. Dann ging sie.

Anashid

Ich war allein mit einer Krankenschwester, die nicht besonders freundlich war und mir Blut abnahm. Es war meine erste Blutabnahme ohne meinen Vater oder meine Mutter. Ich weinte währenddessen, aber sie machte einfach weiter. Danach zeigte sie mir mein Zimmer, das ich mit einem Mädchen teilte, das drei Jahre älter war als ich.

Als ich hereinkam, sah sie mich an. Sie war noch wach und nahm mich sofort in den Arm, als sie merkte, dass ich weinte. Die Krankenschwester war schon längst weg.

„Wie heißt du?", fragte sie mich auf Deutsch, aber ich verstand sie nicht. „What's your name?", versuchte sie es noch einmal. „Ana," sagte ich. Sie hieß Naomi und war aus der Türkei. Sie fragte, warum ich hier sei, und ich sagte, dass ich es nicht wisse. Dann wünschte sie mir eine gute Nacht und ich legte mich in mein Bett und weinte, bis ich eingeschlafen war.

Am nächsten Morgen wurden wir von der Krankenschwester zum Frühstück geweckt. Im Speisesaal saßen bereits andere Jungen und Mädchen, die definitiv älter waren als ich. Das Frühstück gefiel mir. Ich wählte heiße Schokolade, Semmeln und Nutella, obwohl ich eigentlich schwarzen Tee bevorzugt hätte. Nach dem Frühstück holte mich eine Krankenschwester ab und brachte mich zu einem Arzt. Er sprach Englisch und fragte mich, warum ich hier sei. Ich schaute ihn an und sagte nichts. Ich wusste wirklich nicht, warum ich dort war. Ich wusste nur, dass wir nach Italien zurückgeschoben werden sollten, was nichts Gutes bedeutete. Aber warum genau, das wusste ich nicht.

Als das Gespräch mit dem Arzt beendet war, wurde ich von einer blonden Frau abgeholt und wir gingen einen Stock hinunter. Es gab mehrere Tische mit Stühlen, und ich setzte mich auf einen. Sie legte mir ein Heft und einen Stift auf den Tisch und begann zu diktieren. Wie heißt du? Und ich schrieb es auf. Bis auf ein paar Schreibfehler hatte ich alles richtig. Dann sagte sie, ich solle schreiben „Ich heiße" und fragte mich nach meinem Namen auf Englisch. „Ich heiße Ana" schrieb ich auf, und sie schaute aufmerksam zu. Dann sagte sie, dass sie einen an-

deren Namen auf meinen Papieren liest: „Anahid".

„Was bedeutet Anahid?", fragte sie, und ich
erklärte ihr, dass mein vollständiger Name eigentlich „Anashid" ist. Die Behörden erlaubten
jedoch meinen Eltern nicht, mich so zu nen-
nen, also entschieden sie sich für Anahid.
„Anashid" bedeutet „Mutter der Sonne" erklärte ich ihr auf Englisch.

Ich blieb zehn Tage in der Einrichtung und
meine Mutter besuchte mich zweimal. Beim
letzten Mal sprach der Arzt allein mit ihr. Nach
dem Gespräch stritt sie mit mir, weil der Arzt
meinte, dass es mir eigentlich gut geht und ich
nicht länger bleiben muss. Sie fragte, warum ich
so tue, als würde es mir gutgehen, und warum
ich nicht mit den Ärzten über meine Probleme
rede. „Mama! Ich kenne sie doch nicht!" sagte
ich ihr weinend. „Sie können Papa nicht zu uns
bringen", sagte ich ihr. Sie wurde lauter und
ging Richtung Ausgang. Ich rannte ihr hinter-
her und bat sie, nicht zu gehen. Aber sie ging.

Die Skizze

Am Abend sagte mir die Krankenschwester, ich solle meine Sachen einpacken, denn ich würde am nächsten Tag abgeholt. „Was ist mit meiner Schule?", fragte ich sie, und sie sagte, dass ich in Thalham weiter zur Schule gehen würde. Wie versprochen wurde ich am nächsten Tag von einem Taxi abgeholt und der Fahrer brachte mich zurück nach Thalham. Meine Mutter wartete bereits vor dem Eingang auf mich, und ich umarmte sie, als ich sie sah. Dann fragte ich sie nach Sarah und Habib. Sie waren in ihrem Zimmer, und wir gingen wenig später zu ihnen. Mani war jedoch nicht mehr da. Er wurde bereits woanders hingeschickt. Meine Mutter sagte, dass er mir liebe Grüße schickte, als er sich von ihr verabschiedete, und er sagte, sie solle mir ausrichten, ich solle weiter Gitarre spielen und für meine Träume kämpfen.

Wenig später erfuhren wir, dass auch wir wie Mani in eine andere Stadt transportiert werden sollten. Die Beamten sagten, dass es uns in Thalham nicht gutgehen würde und dass es besser für uns wäre, woanders zu sein. Ein Mann nahm ein Stück Papier und zeichnete eine Skizze von Österreich. Er zeigte mir, wo wir uns gerade befinden, und dann, wohin wir gebracht werden. Ich hörte aufmerksam zu und erklärte meiner Mutter, was er gesagt hatte. Ich merkte, dass meine Mutter nicht besonders erfreut war. Sie sagte, sie wollten uns näher an die Grenze zu Italien bringen, damit wir leichter zurückgeschoben werden könnten. Ich wiederholte das dem Mann, und er fügte Italien auf seine Skizze hinzu und sagte, dass Bruck an der Mur keine Grenze zu Italien hat. Dann lachte er laut. Auch wenn sein Lachen für mich keinen Sinn ergab, war ich durch seine Skizze erleichtert.

Am nächsten Tag wurden wir von einem großen schwarzen Transporter abgeholt. Sarah und Habib begleiteten uns zum Ausgang. Wir umarmten und verabschiedeten uns. „Vergiss uns nicht, Ana!", flüsterte mir Sarah ins Ohr, und ich schaute ihr tief in ihre glasigen Augen. Ich umarmte sie noch ein letztes Mal, und dann stiegen wir ein. Wir fuhren etwa zweieinhalb Stunden ohne Zwischenstopps, bis wir an einer Schule ankamen. Der Fahrer sagte auf Englisch: „We are here." Meine Mutter und ich stiegen aus und holten unseren Koffer, der so alt war, dass man ihn fast als antiquiert bezeichnen konnte. Diesen hatten wir am Abend vor unserer Abreise im Keller von Thalham gefunden, wo gebrauchte Kleidungsstücke und andere Dinge für Flüchtlinge zur Verfügung standen. Wir warteten vor dem Eingang, bis uns eine relativ junge, große Frau abholte. Gleich beim Eingang befand sich ein großes Klassenzimmer mit einem Schild „Büro" an der Tür. Sie begleitete uns hinein und bat einige dunkelhäutige Männer, die zufällig in der Nähe waren, unsere Koffer hinunter in den Keller zu bringen. Sie gab ihnen den Schlüssel und erklärte ihnen auf Englisch, wo sich unser Zimmer befand. „The room next to Zahra", sagte sie. Meine Mutter und ich saßen auf den Stühlen vor ihrem Schreibtisch, während sie ihren Computer einschaltete. Dann fragte sie uns, ob wir Deutsch sprechen, und ich erklärte ihr, dass ich die Kommunikation für meine Mutter übernehmen würde und nur Englisch sprechen könne. Sie fragte nach unseren Namen, wie lange wir schon in Österreich seien und nahm unsere grünen Ausweise, die wir am ersten Tag in Thalham bekommen hatten. All diese Informationen trug sie in ihren Computer ein.

Die Brücke

Dann erklärte sie mir, dass wir verpflichtet seien, jeden Tag ins Büro zu kommen und zu unterschreiben. Das sei wichtig für unsere Sicherheit, damit sie wüssten, dass wir noch da sind. Sie erläuterte weiter, dass wir monatlich pro Person hundertfünfzig Euro bekommen würden, womit wir Essen kaufen könnten. „You have to cook by your own", sagte sie und drückte mir eine Karte in die Hand, die zeigte, wie wir in die Innenstadt gelangen würden, um Lebensmittel einzukaufen. Sie empfahl uns „Penny" und sagte, dass die Preise dort passend seien. Als wir fertig waren, nahm sie uns mit in den Keller und zeigte uns zuerst die Waschmaschine, die neben dem Badezimmer stand, und dann das Badezimmer. Ein großes, leeres Zimmer mit zwei Duschen ohne Vorhänge und einem Waschbecken. Sie gab uns einen Schlüssel und sagte, dieses Badezimmer sei nur für Frauen gedacht. Insgesamt waren etwa achtzig Flüchtlinge im Haus, darunter nur vier Frauen, einschließlich meiner Mutter und mir. Wir gingen an zwei Klassenzimmern vorbei, bis wir endlich unser Zimmer erreichten. Neben unserem Zimmer befand sich die Gemeinschaftsküche. Unser Zimmer war ein großes Klassenzimmer, in dem dreißig Schüler und Schülerinnen Platz gefunden hätten. Wir hatten zwei Eisenbetten, einen hölzernen Kleiderschrank, der fast so alt wie unser Koffer war, einen Kühlschrank und ein Waschbecken. Die Frau fragte mich, ob ich noch Fragen hätte, und ich sagte nein. Dann ging sie weg. Meine Mutter bat mich, die Karte zu lesen und ihr zu sagen, wie wir in die Stadt kommen. Ich nahm die Karte in die Hand und versuchte, etwas zu verstehen. Obwohl ich keine Ahnung hatte, wo wir waren und wie wir in die Stadt kommen sollten, sagte ich ihr, dass wir losgehen könnten. Wir spazierten ein paar Minuten, bis wir an eine Brücke kamen. Die Wolken waren grau und kündigten Regen an. Ich sagte meiner Mutter, dass wir besser zurückgehen sollten, bevor wir nass werden, aber sie ignorierte mich. Sie blieb bei der Brücke stehen und drehte sich zum Fluss.

Plötzlich brach etwas in ihr. Sie begann zu schreien. Es war kein normales Schreien – es war ein verzweifeltes, durchdringendes Schreien, das aus den tiefsten Winkeln ihrer Seele kam. Ihr Schrei hallte über den Fluss, durchdrang die Luft und schien die grauen Wolken selbst zu erschüttern. „Gott! Siehst du uns? Hörst du uns?" Ihre Stimme war voller Schmerz, voller aufgestauter Trauer und Angst, die sie monatelang in sich getragen hatte. Es war, als würde sie all ihre Verzweiflung, ihre unerfüllten Hoffnungen und die Einsamkeit, die sie ertragen musste, in diesen einen Schrei legen. Ich konnte den Schmerz in ihrer Stimme fühlen, er schnitt mir ins Herz. Tränen liefen über ihr Gesicht, und ich konnte nur zusehen, wie sie ihre ganze Qual herausließ. Es war ein Schrei nach Hilfe, nach einem Zeichen, dass jemand da draußen uns sah und uns hörte. Es war jedoch außer den vorbeifahrenden Autos niemand in unserer Nähe. Ich nahm ihre Hand und flehte sie an aufzuhören. „Mama, bitte," flüsterte ich, meine eigene Stimme zitternd vor Emotionen. Sie setzte sich auf den Boden und lehnte sich an die Brücke, ihre Tränen mischten sich mit den ersten Regentropfen. Ich ging auf die Knie und legte meine Hände auf ihre, versuchte, ihr etwas Trost zu spenden. Sie sah mich mit ihren verheulten Augen an und sagte leise, „Ich wollte nie, dass du so etwas erleben musst." Ich nickte nur, unfähig, etwas zu sagen.

Der Müllsack

Sie stand auf, und wir eilten zu Penny. Mama kaufte ein und packte alles in meinen pinken Rucksack, den ich aus dem Iran mitgenommen hatte. Als wir nach draußen gingen und uns auf den Rückweg machten, wurde es langsam dunkel. Wir gingen weiter, bis wir wieder an der Schule ankamen. Mama begann zu kochen. Sie machte „Dami". „Dami" war ein Gericht, das im Iran von Menschen gegessen wurde, die es finanziell schwer hatten, weil es ohne Fleisch auskam. Nur Reis mit Tomaten und Zwiebeln. Es gab keine Teller mehr, sodass wir aus dem Topf essen mussten. Sie entschuldigte sich für das einfache Essen. Den Müll gab sie mir, damit ich ihn draußen, eine Etage höher, entsorgen könnte. Ich ging die Treppen hinauf, aber als ich Angst vor der Dunkelheit bekam, rannte ich schnell zurück in den Keller, legte den Müll vor das erste Klassenzimmer und lief in unser Zimmer. Wenig später gingen wir wieder in die Küche, um uns einen schwarzen Tee zu machen. Meine Mutter lief kurz in unser Zimmer, um zwei Tassen zu holen. Während ich in der

Küche wartete, kam ein etwa fünfundzwanzig-
jähriger Mann herein. Er wirkte wütend und
hielt den Müllsack, den ich vor dem Klassenzimmer, direkt vor seinem Zimmer, abgelegt
hatte, in der Hand. Er sprach auf Arabisch und
ich sagte ihm, dass ich ihn nicht verstand. „This
here, is this yours?", fragte er, und zeigte auf den
Müllsack. Ich schüttelte den Kopf. „Who?", fragte er weiter, und ich hob fragend die Hände, um
ihm zu zeigen, dass ich es nicht wisse. Er schien
mir zu glauben und ging wieder. Kurz darauf
kam meine Mutter zurück, und wir tranken unseren heißen Tee.

Wir waren fast eingeschlafen, als es an unserer Tür klopfte. Meine Mutter öffnete und eine
Frau mit Kopftuch, durch das man leicht ihre
Haare sehen konnte, stand davor. Mit Pantomime versuchte sie, uns zu sich zum Essen einzu-
laden. Meine Mutter versuchte ebenfalls mit
Gesten zu erklären, dass wir bereits gegessen
hatten und schlafen wollten. Die Frau nahm
ihre Hand und deutete auch mir, dass ich mit-
kommen solle. Ihr Zimmer war direkt neben
unserem. Wir traten ein und sahen vier Männer, darunter den wütenden jungen Mann, und
eine weitere Frau, die auf dem Boden saßen. In
der Mitte stand ein riesiger Teller mit Reis und

Hühnerschenkeln. Jeder hielt einen Löffel in der Hand. Der älteste Mann gab meiner Mutter und mir zwei Löffel. Dann begannen alle zu essen. Die Frau, die uns eingeladen hatte, fragte meine Mutter etwas auf Arabisch. Meine Mutter antwortete, ohne etwas verstanden zu haben, „Iran". „Wir kommen aus dem Iran", sagte sie. Sie stellten weitere Fragen und meine Mutter antwortete erneut auf Persisch, ohne zu verstehen: „Nooshin; ich heiße Nooshin." Der älteste Mann begann, jeden vorzustellen. Er fing mit der Frau, die uns eingeladen hatte, an und sagte „Zahra". Dann zeigte er auf seinen Ring am Finger, um zu verdeutlichen, dass sie seine Frau war. Der wütende junge Mann übernahm und stellte sich als „Mazloom" vor. Er zeigte auf seinen Freund neben ihm und stellte ihn als „Hussein" vor. Dann zeigte er auf den anderen jungen Mann, der neben mir saß, und sagte: „Jevan". Wir unterhielten uns eine Weile mit Pantomime, bis Mazloom zu gähnen begann, sich bedankte und in sein Zimmer zurückging. Dann stand meine Mutter auf, legte die Hände zusammen und verbeugte sich leicht, um ihre Dankbarkeit zu zeigen. Wir winkten und gingen zurück in unser Zimmer.

Elf

Am nächsten Morgen gingen meine Mutter und ich in die Küche, um uns einen Tee zu machen. Dort sahen wir Mazloom, wie er gerade am Kochen war. Mama beobachtete ihn aufmerksam, sagte jedoch nichts. Nachdem sie ihren Tee gemacht hatte, setzte sie sich auf einen der Schulstühle in der Küche. Plötzlich stand sie auf, ging zu Mazloom und nahm ihm den Löffel aus der Hand. Auf Persisch sagte sie ihm, dass das Essen so, wie er es zubereitete, nicht schmecken würde. Er nahm den Löffel zurück und zeigte ihr mit der anderen Hand, dass sie sich hinsetzen und sich nicht einmischen solle. Sie setzte sich wieder, stand jedoch nach kurzer Zeit erneut auf, ging wieder zu ihm, nahm den Löffel abermals aus seiner Hand und versuchte, ihm zu helfen. Er nahm wieder den Löffel aus ihrer Hand und zeigte erneut auf den Stuhl, bat sie sich hinzusetzen.

Zum Mittagessen klopfte Mazloom an unsere Tür und lud uns ein. Wir gingen in sein Zimmer und sahen Hussein, der auf einer Setar spielte, und Jevan, der auf einem Blatt zeichnete. Jevan stand auf, drückte mir das Blatt, auf dem er gezeichnet hatte, in die Hand und ich sah mein Gesicht darauf. Er hatte mich gezeichnet – ein trauriges Gesicht, das trotzdem lächelte und in die Weite schaute. Meine Augen wurden groß und ich zeigte es sofort meiner Mutter. „Wow!", sagte sie beeindruckt. Wir aßen das Essen, das Mazloom gekocht hatte. Der erste Löffel, den meine Mutter nahm, überraschte sie so sehr, dass sie eine Minute lang nichts sagte, die Augen schloss und einfach nur genoss. So etwas Köstliches hatten wir noch nie gegessen. Bis heute vermisse ich den Duft von Zitronen und geräucherten Tomaten, den Mazloom damals in die Küche zauberte.

Die nächsten Monate verbrachten wir viel Zeit mit Mazloom, Jevan und Hussein. Obwohl wir uns sprachlich oft nicht richtig verstanden, vertrauten wir einander so sehr, dass wir unser Geld teilten und zusammen einkauften.

Am Silvestertag gingen wir gemeinsam in die Stadt. Bei Penny legte meine Mutter einen fertig gebackenen Marmorkuchen in den Einkaufswagen. Zurück in der Schule suchte meine Mutter nach dem Kuchen, konnte ihn jedoch

nicht finden. Sie nahm meine Hand und stürm-
te in das Zimmer von Mazloom, Hussein und
Jevan, um nach dem Kuchen zu fragen. Mazloom erklärte, dass er den Kuchen wieder zu-
rückgelegt hatte. Daraufhin wurde meine Mutter sehr wütend und weinte. Wir gingen in
unser Zimmer zurück und legten uns schlafen.

Es war bereits dunkel, als plötzlich Mazloom, Jevan und Hussein in unser Zimmer
kamen. Mazloom hielt seine selbstgemachte
Torte mit einer kleinen, flackernden Kerze darauf. „Elf" stand in Zuckerguss geschrieben.
Hussein begann „Happy Birthday" auf seiner
Setar zu spielen, und Jevan sang laut und herz-
haft mit. Trotz der Überraschung und des
Schocks klatschte und sang meine Mutter mit
Tränen in den Augen mit. Meine eigene Ergrif-
fenheit überkam mich, und ich begann auch zu
weinen, doch es waren Tränen des Glücks. Ich
umarmte meine Mutter fest und dann auch
Mazloom, Jevan und Hussein. In diesem Moment fühlte ich mich so geliebt und geborgen
wie lange nicht mehr. Mein elfter Geburtstag –
trotz aller Widrigkeiten und Entfernung von
der Heimat, und meinem Vater – wurde zu
einem der wertvollsten und unvergesslichsten
Tage meines Lebens.

Neue Familie

Kurz nach meinem elften Geburtstag bekamen wir die Nachricht, dass wir aufgrund meiner Schulpflicht nach Graz umziehen müssten.
So schwer es uns auch fiel, uns von unseren
besten Pantomime-Freunden zu verabschieden,
packten wir unsere Sachen und machten uns
auf den Weg nach Graz. Kaum waren wir in
Graz angekommen, traten zwei Polizisten an
uns heran und überreichten uns einen Brief.
Auf Englisch erklärte mir einer der Polizisten,
dass wir nur ein paar Wochen Zeit hätten, frei-
willig aus Österreich auszureisen, sonst würden
wir gezwungen werden. Meine Mutter brach in
Tränen aus und ging hinunter in den Hof unseres neuen Aufenthaltsortes. Dort weinte sie, als
eine Frau auf sie zukam und fragte, ob sie Farsi
verstand. Mein zweiter Schutzengel. Sie begann-
nen ein Gespräch, und die Frau sagte, sie kenne
jemanden in Graz, der uns vielleicht helfen
könne. Er sei zwar kein Anwalt, aber er kenne
sich gut aus. Sie versprach, uns am nächsten
Tag zu ihm zu bringen. Am nächsten Tag klin-
gelten wir an ihrer Tür. Sie wohnte einen Stock

unter uns. Als sie die Tür öffnete, wehte uns der Geruch von „Ghormeh Sabzi" entgegen. Meine Mutter und ich vergaßen für einen Moment den eigentlichen Grund unseres Besuchs. „Kochst du gerade Ghormeh Sabzi?", fragte meine Mutter, ihre Augen leuchteten auf. Die Frau lächelte und nickte. Fast sechs Monate hatten wir keine „Ghormeh Sabzi" mehr gegessen, eines der bekanntesten und beliebtesten Gerichte im Iran. Mein Lieblingsessen. Sie versprach uns, am Abend einen Teller vorbeizubringen. Wir waren nicht lange unterwegs, als wir zu einem Gebäude kamen. Im ersten Raum trafen wir Johannes, einen freundlichen älteren Mann, der uns mit einem Lächeln zum Sitzen einlud. Die Frau erklärte ihm, dass ich gut Englisch sprechen und verstehen könne. Johannes stellte mir einige Fragen über unsere Flucht nach Österreich und warf dabei immer wieder besorgte Blicke auf meine Mutter, die nervös an ihren Händen kratzte. Er bat mich, sie zu fragen, wie es ihr gehe. Zitternd und mit Tränen in den Augen sagte sie: „Ich kann nicht mehr, ich habe keine Kraft mehr, und ich mache mir Sorgen um Ana." Für meine Mutter war ich wie eine verlängerte Zunge, über die sie jedoch keine Kontrolle hatte. Ich konnte ihre Gefühle nie wortwörtlich übersetzen und ebenso wenig das, was die anderen sagten. Ich übersetzte alles für Johannes, der vorschlug, einen Arzt zu konsultieren. Er versprach, einen Termin für uns auszumachen. Nachdem meine Mutter beim Arzt war, holte uns Johannes am Abend ab und wir fuhren ins Krankenhaus. Dort fragte Johannes an der Rezeption etwas und weiter ging es. Meine Mutter und ich saßen vor dem Arzt. Meine Mutter musste bleiben. Ich nicht. Johannes versicherte meiner Mama, dass er auf mich aufpassen würde, und das tat er auch. So landete ich bei Johannes und seiner Frau Hilde zu Hause. Sie hatten ein Sofa im Wohnzimmer, das sie zu meinem Bett umstellten – mein neues Schlafzimmer.

Johannes und Hilde wurden in der Zeit, in der meine Mutter im Krankenhaus war, wie Eltern für mich. Sie brachten mich jeden Tag ins Krankenhaus, damit ich meine Mutter sehen konnte. Mir ging es gut, aber meiner Mutter nicht. Die Frau, über die sich der Polizist in Thalham wegen ihres vermeintlichen Übergewichts lustig gemacht hatte, wog nun kaum mehr als ich.

Meine verlorene Hälfte

Johannes war fleißig und schickte immer wieder Briefe an die Behörden, in denen er unsere Situation schilderte. Außerdem fand er eine Schule für mich – eine Musikschule, weil ich am Abend vor dem Schlafengehen immer etwas auf Johannes' Gitarre spielte. Er bat sogar Taras Eltern, dass Tara für ein paar Nächte bei uns übernachtete, damit ich mich nicht so allein fühlte. Auch ihr und ihrer Familie half Johannes. Tara, mittlerweile meine beste Freundin, war mit ihren Eltern aus dem Iran geflüchtet, als sie elf Jahre alt war. Mit Tara hatten Johannes und Hilde zwei Kinder, auf die sie aufpassen mussten. Tara war wie meine verlorene Hälfte, ein Mädchen, das dasselbe durchmachte wie ich. Sie musste ebenso für ihre Eltern übersetzen und erwachsen werden. Tara und ich verbrachten viele Nächte damit, unter der Decke zu flüstern, Geschichten aus unserer Heimat zu erzählen und Pläne für eine bessere Zukunft zu schmieden. Wir malten uns aus, wie wir eines Tages wieder zurückkehren und alles besser machen würden. Doch tief im Inneren wussten wir beide, dass die Realität anders aussehen würde.

Johannes begleitete mich jeden Tag zu meiner neuen Schule. Die ersten Monate dort waren furchtbar. Für ein Kind, das es gewohnt war, immer Freunde zu haben und nie allein zu sein, war es ein schwerer Schlag. Im Iran hatte ich immer jemanden an meiner Seite, aber hier in der neuen Schule hatte ich nur eine einzige Freundin: meine Lehrerin, die mich zweimal täglich aus dem Unterricht holte, um mit mir Deutsch zu lernen. Sie tat ihr Bestes, um mir Fächer wie Mathematik oder Geografie so zu erklären, dass ich sie verstehen konnte. Mein Englisch reichte nicht mehr aus, um die neuen Lektionen zu begreifen. Mein Lieblingsfach war Musik. Ich erinnere mich noch gut an das überraschte Gesicht meiner Gitarrenlehrerin, als sie mich bat, ihr etwas vorzuspielen, um mein Niveau zu beurteilen. Ich spielte "Barcelona Nights", ein Stück, das mir mein Lehrer im Iran beigebracht hatte. Jeden Montag bekam ich damals Ärger, weil ich es noch immer nicht gut genug spielte. Doch all dieser Ärger verwandelte sich in Können, und ich beeindruckte damit meine neue Gitarrenlehrerin, die nicht einmal meine Sprache sprach. Langsam begann ich, mit Johannes und Hilde nicht mehr Englisch, sondern Deutsch zu sprechen. Die Veränderung der Sprache geschah schrittweise und unbewusst. Es passierte einfach, Tag für Tag.

Bald wurde auch meine Mutter aus dem Krankenhaus entlassen, und ich übernahm weiterhin die Kommunikation für sie – diesmal sogar auf Deutsch. Bei den Behörden schauten die Leute nicht meine Mutter, sondern nur mich an. Ob sie wütend, fröhlich, freundlich oder gemein waren, nahm ich alles wahr, nicht meine Mutter. Manchmal stritt ich mit ihr, weil ich wütend war und nie Übersetzerin sein wollte. Für mich war das schlimm, und ich hatte nie das Gefühl, verstanden zu werden – weder von meiner Mutter noch von den Behörden.

Wir verbrachten noch einige Jahre im Flüchtlingsheim in Graz und öffneten täglich unseren Briefkasten in der Hoffnung, endlich die Nachricht zu erhalten, dass wir bleiben dürfen. Sechs Jahre vergingen…bis eines Tages Hilde mich anrief.

Heute

„Herzlich willkommen in Österreich", sagte Hilde am Telefon, ihre Stimme zitterte vor Freude. „Herzlich willkommen"

Ich schrie auf, die Worte hallten in meinem Herzen wider. Tränen liefen über mein Gesicht, während ich zu meiner Mutter blickte. „Wir haben es geschafft, Mama! Der Bescheid! Hörst du? Positiv!" rief ich, meine Stimme brach vor Emotionen. „Aber was bedeutet das jetzt für uns?"

Für mich bedeutete das einen Neuanfang. Es bedeutete, dass ich nicht mehr aus Scham meine Schulfreunde anlügen muss, wo ich wohne, oder behaupten, dass wir, wie alle im Sommer verreist waren, obwohl wir eigentlich den ganzen Sommer in dem heißen Flüchtlingsheim verbracht hatten. Es bedeutete, dass ich endlich meine Träume erreichen kann, wie Mani es sich immer gewünscht hatte.

Mit diesem Buch möchte ich den Kindern eine Stimme geben, die während der Flucht ungewollt erwachsen werden müssen. Diese Kinder, die anstatt mit Freunden zu spielen, bei Behörden sitzen und übersetzen müssen. Ich möchte den immensen Druck sichtbar machen, dem Kinder ausgesetzt sind, wenn sie für ihre Eltern dolmetschen. Sie übernehmen eine enorme Verantwortung und tragen die Sorgen und Hoffnungen ihrer Familie mit. Ich bin eines dieser Kinder. Noch heute spüre ich diesen Druck, wenn ich manchmal auf ein Amt gehe, um etwas zu erledigen. Dort sehe ich oft Kinder, die für ihre Eltern übersetzen müssen. Manchmal sind diese Kinder so klein, dass ihre Eltern sie hochheben müssen, damit sie die Person hinter dem Schalter überhaupt sehen können. In den unsicheren Gesichtern dieser Kinder erkenne ich ein tiefes Unbehagen, und ich weiß, dass sie dort nicht sein wollen. Ich sehe mich selbst in diesen Kindern und spüre die Sehnsucht nach meiner verlorenen Kindheit. Ich war auch nur zehn, aber ich nahm jedes kleinste Detail meiner Umgebung mit einer schmerzhaften Intensität wahr. Jede Regung, jede Emotion durchdrang mich bis ins Innerste.

Doch heute, Jahre später, wage ich es endlich, über unsere Reise zu sprechen. Heute, im Alter von einundzwanzig Jahren, befinde ich mich im dritten Jahr meines Jurastudiums. Besonders bedeutsam für mich ist, dass ich kürzlich eine Dolmetschkompetenzprüfung absolviert habe. Es ist, als ob sich ein Kreis schließt und ich die Fähigkeiten, die ich einst unter Zwang erlernte, nun aus freiem Willen und mit Stolz nutzen kann.

Menschen fragen mich immer wieder, wie es damals als Kind für mich war. Die Antwort? Es war schwer, sehr schwer, aber diese Erfahrung hat mich zu dem Menschen geformt, der ich heute bin – mit dem ständigen Ziel, für Gerechtigkeit einzutreten und Kindern in ähnlichen Situationen wie meiner zu helfen.

PS: Auch mein bester Freund, mein Vater, hat es schließlich geschafft, den Iran zu verlassen und nach Österreich zu kommen. Als wir uns wieder begegneten, war ich inzwischen so groß geworden, dass er nicht mehr auf die Knie gehen musste, um mich auf Augenhöhe zu sehen.

ANAHID NAZIRI

Ich, Anahid Naziri, 21 Jahre alt, studiere Rechtswissenschaften und arbeite ehrenamtlich als Dolmetscherin. 2014 floh meine Mutter mit mir aus dem Iran, nachdem unsere Familie aufgrund unseres Glaubens verfolgt wurde. Seitdem leben wir in Graz, wo ich vor drei Jahren meine Matura abgeschlossen habe.

Schon als Kind entwickelte ich eine Leidenschaft fürs Schreiben, die durch ein Tagebuch meiner Mutter geweckt wurde. Mein Ziel ist es, mit meinem Buch Flüchtlingskindern eine Stimme zu geben und den Menschen Einblicke in unser Leben zu ermöglichen. Durch das Schreiben kleiner Geschichten hoffe ich, Empathie zu wecken und die oft übersehenen Schicksale von Flüchtlingskindern sichtbar zu machen.

Loved this book?
Why not write your own at story.one?

Let's go!